풍경 달다

운주사 와불님을 뵙고
돌아오는 길에
그대 가슴의 처마 끝에
풍경을 달고 돌아왔다
먼데서 바람 불어와
풍경 소리 들리면
보고 싶은 내 마음이
찾아간 줄 알아라

수선화에게

수선화에게

1판 1쇄 발행 2015년 3월 27일 **1판 23쇄 발행** 2024년 9월 26일

지은이 정호승
표지·본문 그림 박항률
펴낸이 박강휘
편집 이승희 **디자인** 정지현
발행처 김영사
주소 경기도 파주시 문발로 197(문발동) 우편번호10881
등록 1979년 5월 17일(제406-2003-036호)
구입 문의 전화 031)955-3100 **팩스** 031)955-3111
편집부 전화 02)3668-3290 **팩스** 02)745-4827 **전자우편** literature@gimmyoung.com
비채 블로그 blog.naver.com/viche_books **인스타그램** @drviche **트위터** @vichebook

ISBN 979-11-85014-83-8 03810 책값은 뒤표지에 있습니다.

비채는 김영사의 문학 브랜드입니다.

수선화에게

정호승 시선집

비채

시인의 말

우리는 배고플 때
밥을 먹지 밥그릇을 먹는 게 아니다.
그런데 많은 사람들이 밥그릇을 먹고 있다.
시는 밥이지 밥그릇이 아니다.
결국은 인간이라는 밥
사랑이라는 밥
고통이라는 밥…….
그 밥 한 그릇을
박항률 그림에 연밥처럼 고이 싸서
그대에게 올린다.
먼데서
그리움의 새벽 종소리가 들린다.

2015년 3월 봄날에

정호승

제 1 부

제 2 부

제 3 부

제 4 부

제 5 부

제 1 부

반달

아무도 반달을 사랑하지 않는다면
반달이 보름달이 될 수 있겠는가
보름달이 반달이 되지 않는다면
사랑은 그 얼마나 오만할 것인가

첫키스에 대하여

내가 난생처음으로 바라본 바다였다
희디흰 목덜미를 드러내고 끊임없이 달려오던 삼각파도였다
보지 않으려다 보지 않으려다 기어이 보고 만 수평선이었다
파도를 차고 오르는 갈매기 떼들을 보며
나도 모르게 수평선 너머로 넘어지던 순간의 순간이었다
수평선으로 난 오솔길
여기저기 무더기로 피어난 해당화
그 붉은 꽃잎들의 눈물이었다

기차

역마다 불이 꺼졌다
떠나간 기차를 용서하라
기차도 때로는 침묵이 필요하다
굳이 수색쯤 어디 아니더라도
그 어느 영원한 선로 밖에서
서로 포기하지 않으면
사랑할 수 없다

수표교

물의 깊이를 재는 넌
내 눈물의 깊이는 재어보았니

눈금을 새긴 돌기둥을 데리고
수표교 하나
내 눈물 속에 평생 잠겨 있어도

난 아직 내 눈물의 깊이의
깊이는 재지 못했네

돌이 된 내 눈물의 무게도
재지 못했네

눈부처

내 그대 그리운 눈부처 되리
그대 눈동자 푸른 하늘가
잎새들 지고 산새들 잠든
그대 눈동자 눈길 밖으로
내 그대 일평생 눈부처 되리
그대는 이 세상
그 누구의 곁에도 있지 못하고
오늘도 마음의 길을 걸으며 슬퍼하노니
그대 눈동자 어두운 골목
바람이 불고 저녁별 뜰 때
내 그대 일평생 눈부처 되리

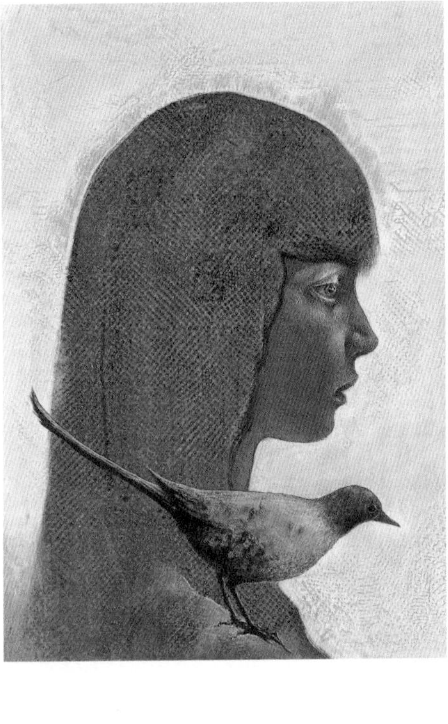

모두 드리리

그대의 밥그릇에 내 마음의 첫눈을 담아 드리리
그대의 국그릇에 내 마음의 해골을 담아 드리리
나를 찔러 죽이고 강가에 버렸던 피묻은 칼 한 자루
강물에 씻어 다시 그대의 손아귀에 쥐어 드리리
아직도 죽여버리고 싶을 정도로 나를 사랑하는지
아직도 사랑하는 일보다 사랑하지 않는 일이 더 어려운지
미나리 다듬듯 내 마음의 뼈다귀들을 다듬어
그대의 차디찬 술잔 곁에 놓아 드리리
마지막 남은 한 방울 눈물까지도
말라버린 나의 검은 혓바닥까지도
그대의 식탁 위에 토막토막 잘라 드리리

강물을 따라가며 울다

내 몸속에 석가탑 하나 세워놓고
내 꿈속에 다보탑 하나 세워놓고
어느 눈 내리는 날 그 석가탑 쓰러져
어느 노을 지는 날 그 다보탑 와르르 무너져내려
눈 녹은 물에 내 간을 꺼내 씻다가
눈 녹은 물에 내 심장을 꺼내 씻다가
그만 강물에 흘려보내고 울다
몇날 며칠 강물을 따라가며 울다

풍경 달다

운주사 와불님을 뵙고
돌아오는 길에
그대 가슴의 처마 끝에
풍경을 달고 돌아왔다
먼데서 바람 불어와
풍경 소리 들리면
보고 싶은 내 마음이
찾아간 줄 알아라

꽃 지는 저녁

꽃이 진다고 아예 다 지나
꽃이 진다고 전화도 없나
꽃이 져도 나는 너를 잊은 적 없다
지는 꽃의 마음을 아는 이가
꽃이 진다고 저만 외롭나
꽃이 져도 나는 너를 잊은 적 없다
꽃 지는 저녁에는 배도 고파라

너에게

가을비 오는 날
나는 너의 우산이 되고 싶었다
너의 빈손을 잡고
가을비 내리는 들길을 걸으며
나는 한 송이
너의 들국화를 피우고 싶었다

오직 살아야 한다고
바람 부는 곳으로 쓰러져야
쓰러지지 않는다고
차가운 담벼락에 기대서서
홀로 울던 너의 흰 그림자

낙엽은 썩어서 너에게로 가고
사랑은 죽음보다 강하다는데
너는 지금 어느 곳
어느 사막 위를 걷고 있는가

나는 오늘도
바람 부는 들녘에 서서
사라지지 않는
너의 지평선이 되고 싶었다
사막 위에 피어난 들꽃이 되어
너의 천국이 되고 싶었다

내 마음속의 마음이

내가 그대를 사랑하지 않는다면
지금 당장 내 목을 베어 가십시오
내가 그대를 사랑하지 않는다면
베어낸 그 목을
평생토록 베개로 삼아 주십시오
그래도 내가 그대를 사랑하지 않는다면
다시 칼로 베개를 내려쳐 주십시오
눈 내리는 그믐날 밤
기차역 부근에서
내 마음속의 마음이 말했습니다

끝끝내

헤어지는 날까지
사랑한다는 말 한마디 하지 못했습니다

헤어지는 날까지
차마
사랑한다는 말 한마디 하지 못했습니다

그대 처음과 같이 아름다울 줄을
그대 처음과 같이 영원할 줄을
헤어지는 날까지 알지 못하고

순결하게 무덤가에 무더기로 핀
흰 싸리꽃만 꺾어 바쳤습니다

사랑도 지나치면 사랑이 아닌 것을
눈물도 지나치면 눈물이 아닌 것을
헤어지는 날까지 알지 못하고

끝끝내 사랑한다는 말 한마디 하지 못했습니다
끝끝내 사랑한다는 말 한마디 하지 못했습니다

나그네새

너 없이 내가 살고
어찌 죽으랴
사나이 집 떠나면
살아 돌아오지 않는데
철쭉꽃 피면 내가 울고
찔레꽃 피면 누가 우나
깊은 강 붉은 땅 너머
너는 어디에
다시 살아 돌아오지 않는
나그네새여
저녁 해거름 쓸쓸히
땅거미 질 때마다
너 없이 내가 살고
어찌 죽으랴

인수봉

바라보지 않아도 바라보고
기다리지 않아도 기다리고
올라가지 않아도 올라가

만나지 않아도 만나고
내려가지 않아도 내려가고
무너지지 않아도 무너져

슬프지 아니하랴
슬프지 아니하랴

사람들은 사랑할 때
사랑을 모른다
사랑이 다 끝난 뒤에서야 문득
인수봉을 바라본다

그리운 사람 다시 그리워

그리운 사람 다시 그리워
사람을 멀리하고 길을 걷는다

살아갈수록 외로워진다는
사람들의 말이 더욱 외로워

외롭고 마음 쓰라리게 걸어가는
들길에 서서

타오르는 들불을 지키는 일은
언제나 고독하다

그리운 사람 다시 그리워
그리운 사람을 그리워하면

어둠 속에서 그의 등불이 꺼지고
가랑잎 위에는 가랑비가 내린다

비 오는 사람

그대 빈 들에
비 오는 사람

술도 집도 없이
배고픈 사람

사람들을 만나러 가기 위하여
떠나가는 사람들의
옷 적시는 사람

별을 사랑하는 마음으로
살아가고 싶다더니

빈 집에 새벽부터
비 오는 사람

봄눈

봄눈이 내리면
그대 결코
다른 사람에게 눈물을 보이지 말라
봄눈이 내리면
그대 결코
절벽 위를 무릎으로 걸어가지 말라
봄눈이 내리는 날
내 그대의 따뜻한 집이 되리니
그대 가슴의 무덤을 열고
봄눈으로 만든 눈사람이 되리니
우리들에게 가장 필요한 것은
사랑과 용서였다고
올해도 봄눈으로 내리는
나의 사람아

별똥별

별똥별이 떨어지는 순간에
내가 너를 생각하는 줄
넌 모르지

떨어지는 별똥별을 바라보는 순간에
내가 너의 눈물을 생각하는 줄
넌 모르지

내가 너의 눈물이 되어 떨어지는 줄
넌 모르지

사랑

그대는 내 슬픈 운명의 기쁨
내가 기도할 수 없을 때 기도하는 기도
내 영혼이 가난할 때 부르는 노래
모든 시인들이 죽은 뒤에 다시 쓰는 시
모든 애인들이 끝끝내 지키는 깨끗한 눈물

오늘도 나는 그대를 사랑하는 날보다
원망하는 날들이 더 많았나니
창 밖에 가난한 등불 하나 내어 걸고
기다림 때문에 그대를 사랑하고
사랑하기 때문에 그대를 기다리나니

그대는 결국 침묵을 깨뜨리는 침묵
아무리 걸어가도 끝없는 새벽길
새벽 달빛 위에 앉아 있던 겨울산
작은 나뭇가지 위에 잠들던 바다
우리가 사랑이라고 부르던 사막의 마지막 별빛
언젠가 내 가슴속 봄날에 피었던 흰 냉이꽃

풀잎에도 상처가 있다

풀잎에도 상처가 있다
꽃잎에도 상처가 있다
너와 함께 걸었던 들길을 걸으면
들길에 앉아 저녁놀을 바라보면
상처 많은 꽃잎들이 손을 흔든다
상처 많은 꽃잎들이
가장 향기롭다

미안하다

길이 끝나는 곳에 산이 있었다
산이 끝나는 곳에 길이 있었다
다시 길이 끝나는 곳에 산이 있었다
산이 끝나는 곳에 네가 있었다
무릎과 무릎 사이에 얼굴을 묻고 울고 있었다
미안하다
너를 사랑해서 미안하다

제 2 부

사랑

꽃은 물을 떠나고 싶어도
떠나지 못합니다
새는 나뭇가지를 떠나고 싶어도
떠나지 못합니다
달은 지구를 떠나고 싶어도
떠나지 못합니다
나는 당신을 떠나고 싶어도
떠나지 못합니다

어떤 사랑

내가 너를 사랑했을 때
너는 이미 숨져 있었고
네가 나를 사랑했을 때
나는 이미 숨져 있었다

너의 일생이 단 한번
푸른 하늘을 바라보는 일이라면
나는 언제나
네 푸른 목숨의 하늘이 되고 싶었고
너의 삶이 촛불이라면
나는 너의 붉은 초가 되고 싶었다

너와 나의 짧은 사랑
짧은 노래 사이로
마침내 죽음이
삶의 모습으로 죽을 때
나는 이미 너의 죽음이 되어 있었고
너는 이미 나의 죽음이 되어 있었다

설해목

천년 바람 사이로
고요히
폭설이 내릴 때
내가 폭설을 너무 힘껏 껴안아
내 팔이 뚝뚝 부러졌을 뿐
부러져도 그대로 아름다울 뿐
아직
단 한번도 폭설에게
상처받은 적 없다

키스에 대한 책임

키스를 하고 돌아서자 밤이 깊었다
지구 위의 모든 입술들은 잠이 들었다
적막한 나의 키스는 이제 어디로 가야 할 것인가
너의 눈물과 죽음을 책임질 수 있을 것인가
빌딩과 빌딩 사이로 낡은 초승달이 떠 있는 골목길
밤은 초승달을 책임지고 있다
초승달은 새벽을 책임지고 있다

꽃

마음속에 박힌 못을 뽑아
그 자리에 꽃을 심는다
마음속에 박힌 말뚝을 뽑아
그 자리에 꽃을 심는다
꽃이 인간의 눈물이라면
인간은 그 얼마나 아름다운가
꽃이 인간의 꿈이라면
인간은 그 얼마나 아름다운가

무릎

너도 무릎을 꿇고 나서야 비로소
사랑이 되었느냐
너도 무릎을 꿇어야만
걸을 수 있다는 것을 아는 데에
평생이 걸렸느냐
차디찬 바닥에
스스로 무릎을 꿇었을 때가 일어설 때이다
무릎을 꿇고
먼 산을 바라볼 때가 길 떠날 때이다
낙타도 먼 길을 가기 위해서는
먼저 무릎을 꿇고 사막을 바라본다
낙타도 사막의 길을 가다가
밤이 깊으면
먼저 무릎을 꿇고
찬란한 별들을 바라본다

강물

그대로 두어라 흐르는 것이 물이다
사랑의 용서도 용서함도 구하지 말고
청춘도 청춘의 돌무덤도 돌아보지 말고
그대로 두어라 흐르는 것이 길이다
흐느끼는 푸른 댓잎 하나
날카로운 붉은 난초잎 하나
강의 중심을 향해 흘러가면 그뿐
그동안 강물을 가로막고 있었던 것은
내가 아니었다 절망이었다
그동안 나를 가로막고 있었던 것은
강물이 아니었다 희망이었다

물 위를 걸으며

물 속에 빠져
죽어도 좋다고 생각하고 물 위를 걸으면
물 속에 발이 빠지지 않는다

물 속에 빠져
한 마리 물고기의 시체가 되어도 좋다고 생각하고
물 위를 걸으면
물 속에 무릎이 빠지지 않는다

그러니 사랑하는 이여
사랑하는 법을 배우기 위해 주어진
물 위를 걸어가는
이 짧은 시간 동안

물 속에 빠지지 않기를 바라지 말고
출렁출렁 부지런히 물 위를 걸어가라
눈을 항상 먼 수평선에 두고
두려워하지 말고

나는 물고기에게 말한다

그래도 너를 사랑한다고 말하고 싶을 때
그래도 너를 사랑하지 않는다고 말하고 싶을 때
그래도 떠날 때는 내 돈을 모두 너에게 주고 싶다고 말하고 싶을 때
그래도 너에게 단 한푼도 줄 수 없다고 말하고 싶을 때
나는 촛불을 들고 강가로 나가 물고기에게 말한다
물고기는 조용히 지느러미를 흔들며 내 말을 듣고만 있을 뿐
아무에게도 아무 말도 하지 않으므로

내 산을 모두 밭으로 만들어 너에게 주고 싶다고 말하고 싶을 때
네 밭을 모두 산으로 만들어 내가 가지고 싶다고 말하고 싶을 때
아무에게도 들키지 않고 이제는 인간이 되고 싶지 않을 때
기어이 인간을 버리고 혼자 울고 싶을 때
나는 강가로 나가 물고기의 허리를 껴안고 운다
침묵만이 그들의 언어이므로
침묵 외에는 그 어떠한 말도 하지 않으므로

증명사진

주민등록증을
재발급받기 위해
넥타이를 매고 단정히
증명사진을 찍다가
눈물이 왈칵 쏟아졌다
슬픔 이외에는 아무것도
증명할 수 없어서
증명사진에 내 얼굴이
나오지 않았다

사막여우

너를 따라 사막의 사막 속으로 도망쳐버릴걸 그랬어
모래 위에 난 너의 발자국을 쫓아 영원히 사라져버릴걸 그랬어
서울로 돌아와도 아무도 나를 찾는 이 없는데
이별한 뒤에도 또 이별할 일만 남아 있는데
너를 따라가 맛있는 너의 먹잇감이나 되어줄걸 그랬어
추워 떨며 모닥불을 피우고 있는 나에게
네가 살며시 웃으면서 다가왔을 때
나는 왜 너를 멀리 쫓아버리고 말았는지
사막의 그 먼 밤길을 오직 내가 보고 싶어 찾아온 줄도 모르고
굴속에 재워둔 귀여운 새끼들을 보여주고 싶어서
자꾸 날 따라오라고 손짓하는 줄도 모르고
나는 왜 날카로운 플래시의 불빛을 너의 얼굴에 계속 비추기만 했는지
네가 막 새벽 지평선 위로 떠오른
노란 오렌지 조각 같은 반달을 내 머리맡에 데리고 왔을 때에도
네가 사막의 별들을 모두 모래 위에 내려앉게 하고
흰 조약돌 같은 북두칠성을 내 손에 쥐여주었을 때에도
나는 왜 나를 버리고 너를 따라가지 못했는지

그리운 사막여우

네가 나 대신 물고 간 내 가난한 신발 한 짝은 잘 있는지

지금도 내 신발을 물고 힐끔힐끔 뒤돌아보며

사막의 사막 속으로 영원히 사라지고 있는지

까닭

내가 아직 한 포기 풀잎으로 태어나서
풀잎으로 사는 것은
아침마다 이슬을 맞이하기 위해서가 아니라
바짓가랑이를 적시며 나를 짓밟고 가는
너의 발자국을 견디기 위해서다

내가 아직 한 송이 눈송이로 태어나서
밤새껏 함박눈으로 내리는 것은
아침에 일찍 일어나 싸리빗자루로 눈길을 쓰시는
어머니를 위해서가 아니라
눈물도 없이 나를 짓밟고 가는
너의 발자국을 고이 남기기 위해서다

내가 아직도 쓸쓸히 노래 한 소절로 태어나서
밤마다 아리랑을 부르며 별을 바라보는 것은
너를 사랑하지 않아서가 아니라
너를 사랑하기엔
내 인생이 너무 짧기 때문이다

나의 길

내 이제 죽어서도 사랑의 죄는 없다
내 이제 죽어서도 기다림의 죄는 없다
사람이 짐승이 되는 밤은 깊어
사람이 짐승의 눈물을 흘리는 새벽은 너무 깊어
나는 너의 운명을 슬퍼하며 길을 걸었다
내 이제 죽어서도 증오의 죄는 없다
내 이제 죽어서도 그리움의 죄는 없다
나는 언제나 너를 죽이고 싶었으나
나는 언제나 너를 사랑하고 싶었다
너를 위해 내 목숨을 버릴 수는 있어도
나를 위해 내 목숨을 구할 수는 없었다
내 이제 너를 위해 흰 손수건을 흔드나니
봄밤에 별들마저 흔들어 깨우나니
한반도에 엎드려 평생을 울어본 자는 알리라
비가 개이고 하늘이 맑아
별들이 총총히 우리를 내려다본다

친구에게

젖은 우산을 접듯
그렇게 나를 접지 말아줘
비 오는 날
밤늦게 집으로 돌아와
뚝뚝 물방울이 떨어지는 우산을 그대로 접으면
젖은 우산이 밤새워 불을 지피느라
그 얼마나 춥고 외롭겠니
젖은 우산을 활짝 펴
마당 한가운데 펼쳐놓듯
친구여
나를 활짝 펴
그대 안에 갖다놓아 줘
풀 향기를 맡으며
햇살에 온몸을 말릴 때까지
그대 안에 그렇게

징검다리

물은 흐르는 대로 흐르고
얼음은 녹는 대로 녹는데
나는 사는 대로 살지 못하고
징검다리가 되어 엎드려 있다

오늘도 물은 차고 물살은 빠르다
그대 부디 물속에 빠지지 말고
나를 딛고 일어나 힘차게 건너가라
우리가 푸른 냇가의 징검다리를
이제 몇번이나 더 건너갈 수 있겠느냐

때로는 징검다리도 물이 되어 흐른다
징검다리도 멀리 물이 되어 흘러가
보고 싶어도
다시는 보지 못할 때가 있다

새벽에 아가에게

아가야 햇살에 녹아내리는 봄눈을 보면
이 세상 어딘가에 사랑은 있는가 보다

아가야 봄하늘에 피어오르는 아지랑이를 보면
이 세상 어딘가에 눈물은 있는가 보다

길가에 홀로 핀 애기똥풀 같은
산길에 홀로 핀 산씀바귀 같은

아가야 너는 길을 가다가
한 송이 들꽃을 위로하는 사람이 되라

오늘도 어둠의 계절은 깊어
새벽하늘 별빛마저 저물었나니

오늘도 진실에 대한 확신처럼
이 세상에 아름다운 것은 아직 없나니

아가야 너는 길을 가다가
눈물을 노래하는 사람이 되라

내가 별들에게 죽음의 편지를 쓰고 잠들지라도
아가야 하늘에는 거지별 하나

선암사 낙엽들은 해우소로 간다

이제는 누구를 사랑하더라도
낙엽이 떨어질 때를 아는 사람을 사랑하라
이제는 누구를 사랑하더라도
낙엽이 왜 낮은 데로 떨어지는지를 아는 사람을 사랑하라
이제는 누구를 사랑하더라도
한 잎 낙엽으로 떨어질 수 있는 사람을 사랑하라
시월의 붉은 달이 지고
창밖에 따스한 불빛이 그리운 날
이제는 누구를 사랑하더라도
한 잎 낙엽으로 떨어져 썩을 수 있는 사람을 사랑하라
한 잎 낙엽으로 썩어
다시 봄을 기다리는 사람을 사랑하라
해마다 선암사 낙엽들은 해우소로 간다

모닥불을 밟으며

모닥불을 밟으며 마음을 낮추고, 그대는 새벽 강변을 떠나야 한다. 떠돌면서 잠시 불을 쬐러온 사람들이, 추위와 그리움으로 불을 쬘 때에, 모닥불을 밟으며 꿈을 낮추고, 그대는 새벽 강변을 떠나가야 한다.

모닥불에 내려서 타는 새벽이슬로, 언제 다시 우리가 만날 수 있겠느냐. 사랑과 어둠의 불씨 하나 얻기 위해, 희망이 가난한 사람이 되기 위해, 꺼져가는 모닥불을 다시 밟으며, 언제 다시 우리가 재로 흩어지겠느냐.

사람 사는 곳 어디에서나 잠시 모닥불을 피우면 따뜻해지는 것이 눈물만이 아닌 것을, 타오르는 것이 어둠만이 아닌 것을, 모닥불을 밟으며 이별하는 자여. 우리가 가장 사랑할 때는 언제나 이별할 때가 아니었을까.

바람이 분다. 모닥불을 밟으며 강변에 안개가 흩어진다. 꺼져가는 모닥불을 다시 밟으며, 먼 지평선 너머로 사라져가는, 사람들은 모두 꿈이 슬프다.

아무도 슬프지 않도록

우리 다시 만날 때까지
아무도 슬프지 않도록
그대 잠들지 말아라

마음이 착하다는 것은
모든 것을 지닌 것보다 행복하고
행복은 언제나
우리가 가장 두려워하는 곳에 있나니

차마 이 빈 손으로
그리운 이여
풀의 꽃으로 태어나
피의 꽃잎으로 잠드는 이여

우리 다시 만날 때까지
그대 잠들지 말아라
아무도 슬프지 않도록

내가 사랑하는 사람

나는 그늘이 없는 사람을 사랑하지 않는다
나는 그늘을 사랑하지 않는 사람을 사랑하지 않는다
나는 한 그루 나무의 그늘이 된 사람을 사랑한다
햇빛도 그늘이 있어야 맑고 눈이 부시다
나무 그늘에 앉아
나뭇잎 사이로 반짝이는 햇살을 바라보면
세상은 그 얼마나 아름다운가

나는 눈물이 없는 사람을 사랑하지 않는다
나는 눈물을 사랑하지 않는 사람을 사랑하지 않는다
나는 한 방울 눈물이 된 사람을 사랑한다
기쁨도 눈물이 없으면 기쁨이 아니다
사랑도 눈물 없는 사랑이 어디 있는가
나무 그늘에 앉아
다른 사람의 눈물을 닦아주는 사람의 모습은
그 얼마나 고요한 아름다움인가

수선화에게

울지 마라
외로우니까 사람이다
살아간다는 것은 외로움을 견디는 일이다
공연히 오지 않는 전화를 기다리지 마라
눈이 오면 눈길을 걸어가고
비가 오면 빗길을 걸어가라
갈대숲에서 가슴검은도요새도 너를 보고 있다
가끔은 하느님도 외로워서 눈물을 흘리신다
새들이 나뭇가지에 앉아 있는 것도 외로움 때문이고
네가 물가에 앉아 있는 것도 외로움 때문이다
산그림자도 외로워서 하루에 한 번씩 마을로 내려온다
종소리도 외로워서 울려퍼진다

제 3 부

내 가슴에

내 가슴에 손가락질하고 가는 사람이 있었다
내 가슴에 못질하고 가는 사람이 있었다
내 가슴에 비를 뿌리고 가는 사람이 있었다
한평생 그들을 미워하며 사는 일이 괴로웠으나
이제는 내 가슴에
똥을 누고 가는 저 새들이
그 얼마나 아름다우냐

봄눈이 오는 날 편지를 부친다

용서하지 못하는 자를 위하여
봄눈이 오는 날 편지를 부친다

용서할 수 없는 자에게 보내는 편지를 쓰며
사람들이 울면서 잠드는 밤

한 사람의 마음을 용서하기 위하여
마지막 잎새 하나 땅 위에 떨어지고

또 한 사람의 마음을 용서하기 위하여
또 한 사람의 들녘이 저물어간다

용서하지 못하는 자의 어깨 위에 기대어
날마다 위로받지 못하는 자의 눈물이여

사랑할 수 없는 자를 용서하기 위하여
봄눈이 오는 날 편지를 부친다

무인등대

등대는 바다가 아니다
등대는 바다를 밝힐 뿐
바다가 되어야 하는 이는
당신이다

오늘도 당신은 멀리 배를 타고 나아가
그만 바다에 길을 빠뜨린다
길을 빠뜨린 지점을
뱃전에다 새기고 돌아와
결국 길을 찾지 못하고
어두운 방파제 끝
무인등대의 가슴에 기대어 운다

울지 마라
등대는 길이 아니다
등대는 길 잃은 길을 밝힐 뿐
길이 되어야 하는 이는 오직
당신이다

갈대

내가 아직도 강변에 사는 것은
죽은 새들이 내 발밑에서 물결치기 때문이다

내가 아직도 아무도 살지 않는 강변에 사는 것은
실패도 인생의 일부이기 때문이다

세상은 강한 자가 이긴 것이 아니라
이긴 자가 강한 것이라는

죽은 새들의 정다운 울음소리를 들으며
온종일 바람에 흔들릴 때마다

나의 삶이 진정 괴로운 것은
분노를 삭일 수 없다는 일이었나니

내가 아직도 바람 부는 강변에 사는 것은
죽은 새들이 날아간 하늘에 햇살이 빛나기 때문이다

어린 낙타

사막에서는
흐르는 강물처럼 살지 말고
어딘가에 고여 있는
작은 우물처럼 살아야 한다고
누군가에게 마음을 빼앗겨야
사막을 움직일 수 있다고
모래도 한때는 별이었다고
사랑하면 더 많은 별이 보인다고
살아가노라면 그래도
착한 끝은 있다고
러시아제 낡은 지프차를 타고
고비사막의 길 없는 길을 달릴 때
먼 지평선 너머로
지는 해를 등에 지고
홀로 걸어가던
어린 낙타 한 마리

푸른 애인

푸른 하늘 아래 너는 있다
푸른 하늘 끝 그 어딘가에 너는 있다
나는 오늘도 사는 일과 죽는 일이 부끄러워
비 오는 날의 멧새처럼 너를 기다려도
너는 언제나 가랑비처럼 왔다가 사라진다

푸른 땅 아래 너는 있다
푸른 땅 끝 그 무덤 속에 너는 있다
사는 것이 죄인 나에게
내가 산다는 것이
죄의 대가를 치르는 것인 이 밤에
너는 언제나 감자꽃처럼 피었다 진다

어느 벽보판 앞에서

어느 벽보판 앞
현상수배범 전단지 사진 속에
내 얼굴이 있었다
안경을 끼고 입꼬리가 축 처진 게
영락없이 내 얼굴이었다
내가 무슨 대죄를 지어
나도 모르게 수배되고 있는지 몰라
벽보판 앞을 평생을 서성이다가
마침내 알았다
당신을 사랑하지 않은 죄
당신을 사랑하지 않고
늙어버린 죄

사랑에게

나의 눈물에는 왜 독이 들어 있는가
봄이 오면 봄비가 고여 있고
겨울이 오면 눈 녹은 맑은 물이
가득 고여 있는 줄 알았더니
왜 나의 눈물에는 푸른 독이 들어 있는가
마음에 품는 것마다
다 독이 되던 시절이 있었으나
사랑이여
나는 이제 나의 눈물에 독이 없기를 바란다
더이상 나의 눈물이
당신의 눈물을 해치지 않기를 바란다
독극물이 든 검은 가방을 들고
가로등 불빛에 길게 그림자를 남기며
더이상 당신 집 앞을
서성거리지 않게 되기를 바란다
살아간다는 것은 독을 버리는 일
그동안 나도 모르게 쌓여만 가던 독을 버리는 일
버리고 나서 또 버리는 일

눈물을 흘리며

해독의 시간을 맞이하는 일

그네

너도 그네를 타보면 알 거야
사랑을 위해 수평을 유지해야 한다는 것을
그동안 네가 수평을 유지해본 적이 없어
한없이 슬펐다는 것을

오늘은 빈 그네를 힘껏 밀어보아라
그네가 결국 중심을 잡고
고요히 수평의 자세를 갖추지 않느냐
너도 너의 가난한 사랑을 위해
수평의 자세를 갖추기 위해 진실해라

너는 한때 좌우로 혹은 위아래로
흔들리지 않으면 그네가 아니라고
더 높이 떠올라 산을 넘어가야 한다고
마치 손이라도 놓을 듯 그네를 탔으나
결국 그네는 내려와 수평의 자세를 잡지 않더냐

사랑한다는 것은 늘 그네를 타는 일이므로

부디 그네에서 뛰어내리지는 마라

수평인 그대로 고요해라

창문

창문은 닫으면 창이 아니라 벽이다
창문은 닫으면 문이 아니라 벽이다
창문이 창이 되기 위해서는
창과 문을 열어놓지 않으면 안 된다

나는 세상의 모든 창문이
닫기 위해 만들어진 게 아니라
열기 위해 만들어졌다는 것을
아는 데에 평생이 걸렸다

지금까지는
창문을 꼭 닫아야만 밤이 오는 줄 알았다
많은 사람들이 창문을 열었기 때문에
밤하늘에 별이 빛난다는 사실을 알지 못했다

이제 창문을 연다
당신을 향해 창문을 열고 별을 바라본다
창문을 열고 나를 향해 손을 흔드는

당신의 모습이 보인다

늪

지금부터
절망의 늪에 빠졌다고 말하지 않겠다
남은 시간이
한 시간도 채 되지 않는다 할지라도
희망의 늪에 빠졌다고 말하겠다
절망에는 늪이 없다
늪에는 절망이 없다
만일 절망에 늪이 있다면
희망에도 늪이 있다
희망의 늪에는
사랑해야 할 사람들이 가득 빠져 있다

별

별에다 입술을 대어보아라
서로 사랑한다 말하지 않게 된다
당신의 문패가 지구 아래로
호올로 툭 떨어져내릴 때
서로 미워한다 말하지 않게 된다
사랑에 기대어 사는 사람들이
슬픔을 만든 산에 가보아라
서로 사랑한다는 말만 쌓이어
흰 산새 등 위에 슬픔은 엎드린다
사랑한다 사랑한다 말하는 사람들은
별이 보이지 않아 산을 만든다
홀로 있는 당신이 여럿 있어도
별에다 가슴을 대어보아라
당신의 가슴이 사과 한 알로 떨어질 때
서로 사랑하라 말하지 않게 된다

비닐우산

오늘도 비를 맞으며 걷는 일보다
바람에 뒤집히는 일이 더 즐겁습니다

끝내는 바람에 뒤집히다 못해
빗길에 버려지는 일이 더 즐겁습니다

비 오는 날마다
나는 하늘의 작은 가슴이므로
그대 가슴에 연꽃 한 송이 피울 수 있으므로

오늘도 바람에 뒤집히는 일보다
빗길에 버려지는 일이 더 행복합니다

또 기다리는 편지

지는 저녁 해를 바라보며
오늘도 그대를 사랑하였습니다
날 저문 하늘에 별들은 보이지 않고
잠든 세상 밖으로 새벽달 빈 길에 뜨면
사랑과 어둠의 바닷가에 나가
저무는 섬 하나 떠올리며 울었습니다
외로운 사람들은 어디론가 사라져서
해마다 첫눈으로 내리고
새벽보다 깊은 새벽 섬기슭에 앉아
오늘도 그대를 사랑하는 일보다
기다리는 일이 더 행복하였습니다

바람의 묵비

나는 운주사를 지나며 대웅전 풍경소리를 울렸을 뿐
가끔 당신의 마음속 닫힌 문을 두드리는 문소리를 크게 내었을 뿐
당신이 타고 가는 기차가 단양철교 위를 지날 때
기차 지붕 위에 올라가 가끔 남한강 물결소리를 내었을 뿐
한번은 목포항을 떠나는 당신의 뱃고동소리에 천천히 손수건을 흔들었을 뿐
묻지 마라 왜 사랑하느냐고 다시는 묻지 마라
바람인 나는 혀가 없다

겨울밤

우산을 버렸더니 비가 온다
신발을 벗었더니 길이 보인다
늦은 겨울밤
지하철에서 내려 나를 버린다
선암사 승선교에 홀로 서서
평생 나를 기다린
당신의 빈 손이 내 손을 잡는다

운주사에서

꽃 피는 아침에는 절을 하여라
피는 꽃을 보고 절을 하여라
걸어가던 모든 길을 멈추고
사랑하는 사람과 나란히 서서
부처님께 절을 하듯 절을 하여라

꽃 지는 저녁에도 절을 하여라
지는 꽃을 보고 절을 하여라
돌아가던 모든 길을 멈추고
헤어졌던 사람과 나란히 서서
와불님께 절을 하듯 절을 하여라

사랑노래

내가 그리워 그대를 부르는 날
그대는 밥그릇을 들고 별밤에 나오너라
눈물 많은 풀잎 하나 이제 그만 울도록
울다가 별을 보고 눈물조차 마르도록
밥그릇을 두드리며 별밤에 나오너라
별을 바라볼수록 별들이 아름다워
내가 다시 그리워 그대를 부르는 날
철조망이 가로막힌 별밤에 나오너라
밥그릇을 두드리며 그대 홀로 나오너라

가난한 사람에게

내 오늘도 그대를 위해
창 밖에 등불 하나 내어 걸었습니다
내 오늘도 그대를 기다리다 못해
마음 하나 창 밖에 걸어두었습니다
밤이 오고 바람이 불고
드디어 눈이 내릴 때까지
내 그대를 기다리다 못해
가난한 마음의 사람이 되었습니다
눈 내린 들길을 홀로 걷다가
문득 별을 생각하는 사람이 되었습니다

제 4 부

꽃을 보려면

꽃씨 속에 숨어 있는
꽃을 보려면
고요히 눈이 녹기를 기다려라

꽃씨 속에 숨어 있는
잎을 보려면
흙의 가슴이 따뜻해지기를 기다려라

꽃씨 속에 숨어 있는
어머니를 만나려면
들에 나가 먼저 봄이 되어라

꽃씨 속에 숨어 있는
꽃을 보려면
평생 버리지 않았던 칼을 버려라

연꽃 구경

연꽃이 피면
달도 별도 새도 연꽃 구경을 왔다가
그만 자기들도 연꽃이 되어
활짝 피어나는데
유독 연꽃 구경을 온 사람들만이
연꽃이 되지 못하고
비빔밥을 먹거나 담배를 피우거나
받아야 할 돈 생각을 한다
연꽃처럼 살아보자고
아무리 사는 게 더럽더라도
연꽃 같은 마음으로 살아보자고
죽고 사는 게 연꽃 같은 것이라고
해마다 벼르고 별러
부지런히 연꽃 구경을 온 사람들인데도
끝내 연꽃이 되지 못하고
오히려 연꽃들이 사람 구경을 한다
해가 질 때쯤이면
연꽃들이 오히려

사람이 되어보기도 한다

가장 더러운 사람이 되어보기도 한다

부러짐에 대하여

나뭇가지가 바람에 뚝뚝 부러지는 것은
나뭇가지를 물고 가 집을 짓는 새들을 위해서다
만일 나뭇가지가 부러지지 않고 그대로 나뭇가지로 살아남는다면
새들이 무엇으로 집을 지을 수 있겠는가
만일 내가 부러지지 않고 계속 살아남기만을 원한다면
누가 나를 사랑할 수 있겠는가

오늘도 거리에 유난히 작고 가는 나뭇가지가 부러져 나뒹구는 것은
새들로 하여금 그 나뭇가지를 물고 가 집을 짓게 하기 위해서다
만일 나뭇가지가 작고 가늘게 부러지지 않고
마냥 굵게만 부러진다면
어찌 어린 새들이 부리로 그 나뭇가지를 물고 가
하늘 높이 집을 지을 수 있겠는가
만일 내가 부러지지 않고 계속 살아남기만을 원한다면
누가 나를 인간의 집을 짓는 데 쓸 수 있겠는가

가시

지은 죄가 많아
흠뻑 비를 맞고 봉은사에 갔더니
내 몸에 꽃들이 피어나기 시작했다
손등에는 채송화가
무릎에는 제비꽃이 피어나기 시작하더니
야윈 내 젖가슴에는 장미가 피어나
뚝뚝 눈물을 흘리기 시작했다
장미같이 아름다운 꽃에 가시가 있다고 생각하지 말고
이토록 가시 많은 나무에
장미같이 아름다운 꽃이 피었다고 생각하라고
장미는 꽃에서 향기가 나는 게 아니라
가시에서 향기가 나는 것이라고
가장 날카로운 가시에서 가장 멀리 가는 향기가 난다고
장미는 시들지도 않고 자꾸자꾸 피어나
나는 봉은사 대웅전 처마 밑에 앉아
평생토록 내 가슴에 피눈물을 흘리게 한
가시를 힘껏 뽑아내려고 하다가
슬며시 그만두었다

상처

길을 가다가 새에게 물었다
당신은 누군가를 위해 상처받아본 적이 있는가
새가 부러진 날개를 펼치고
저녁 하늘 너머로 날아갔다

길을 가다가 풀잎에게 물었다
당신은 누군가를 위해 상처의 깊이를 쓰다듬어본 적이 있는가
풀잎들이 바람에 쓰러졌다가 일어나
천천히 손을 흔들었다

길을 가다가 돌아서서 달팽이에게 물었다
당신은 누군가를 위해 두 손 모아
상처의 눈물을 이슬처럼 받아본 적이 있는가
달팽이가 웃다가 울면서 절벽 위로 기어갔다

길을 가다가 돌아서서 나에게 물었다
당신은 누군가를 위해 상처받아본 적이 있는가
나는 무릎을 꿇고 나의 상처의 꽃만 꺾어들고

다시 길을 걸었다

고래를 위하여

푸른 바다에 고래가 없으면
푸른 바다가 아니지
마음속에 푸른 바다의
고래 한 마리 키우지 않으면
청년이 아니지

푸른 바다가 고래를 위하여
푸르다는 걸 모르는 사람은
아직 사랑을 모르지

고래도 가끔 수평선 위로 치솟아올라
별을 바라본다
나도 가끔 내 마음속의 고래를 위하여
밤하늘 별들을 바라본다

참회

나 이 세상에 태어나
지금까지 나무 한그루 심은 적 없으니
죽어 새가 되어도
나뭇가지에 앉아 쉴 수 없으리

나 이 세상에 태어나
지금까지 나무에 물 한번 준 적 없으니
죽어 흙이 되어도
나무 뿌리에 가닿아 잠들지 못하리

나 어쩌면
나무 한그루 심지 않고 늙은 죄가 너무 커
죽어도 죽지 못하리

산수유 붉은 열매 하나 쪼아 먹지 못하고
나뭇가지에 걸린 초승달에 한번 앉아보지 못하고
발 없는 새가 되어
이 세상 그 어디든 앉지 못하리

스테인드글라스

늦은 오후
성당에 가서 무릎을 꿇었다
높은 창
스테인드글라스를 통과한 저녁햇살이
내 앞에 눈부시다
모든 색채가 빛의 고통이라는 사실을
나 아직 알 수 없으나
스테인드글라스가
조각조각 난 유리로 만들어진 까닭은
이제 알겠다
내가 산산조각 난 까닭도
이제 알겠다

마음에 집이 없으면

마음에 집이 없으면
저승도 가지 못하지
저승에 간 사람들은 다들
마음에 집이 있었던 사람들이야

마음에 집이 없으면
사랑하는 애인도 데려다 재울 수 없지
잠잘 데 없어 떠도는 사람
잠 한번 재워주지 못한 죄
그 대죄를 결코 면할 수 없지

마음에 집이 없으면
마당도 없고 꽃밭도 없지
꽃밭이 없으니 마음속에
그 언제 무슨 꽃이 피었겠니

마음에 집이 없으면
풍경소리도 들을 수 없지

마음에 세운 절 하나 없어
아무도 모시지도 못하고
누가 찾아와 쉬지도 못하고

마음에 집이 없으면
결국 집에 가지 못하지
집에 못 가면
저승에 계신 그리운 어머니도
뵙지 못하지

막다른 골목

막다른 골목에서 울다가
돌아 나온 사람들은 모르지
그곳이 막다른 골목이 아니었음을

막다른 골목에서 주저앉아 울다가
결국 막다른 골목이 된 사람들도 모르지
당신이야말로 막다른 골목이 아니었음을

막다른 골목에서 결국 쓰러진 사람들도 모르지
낙타가 쓰러지는 건 깃털같이 가벼운
마지막 짐 하나 때문이라는 것을

막다른 골목에 핀 민들레는 알지
사막이 쓰러지는 것도 결국은
한 마리 쓰러진 낙타 때문이라는 것을

꽃과 돈

돈을 벌어야 사람이
꽃으로 피어나는 시대를
나는 너무나 오래 살아왔다
돈이 있어야 꽃이
꽃으로 피어나는 시대를
나는 죽지 않고
너무나 오래 살아왔다

이제 죽기 전에
내가 마지막으로 해야 할 일은
꽃을 빨래하는 일이다
꽃에 묻은 돈의 때를
정성 들여 비누칠해서 벗기고
무명옷처럼 빳빳하게 풀을 먹이고
꽃을 다림질하는 일이다

그리하여 죽기 전에
내가 마지막으로 해야 할 일은

돈을 불태우는 일이다
돈의 잿가루를 밭에 뿌려서
꽃이 돈으로 피어나는 시대에
다시 연꽃 같은
맑은 꽃을 피우는 일이다

리기다소나무

당신을 처음 만났을 때
당신은 한 그루 리기다소나무 같았지요
푸른 리기다소나무 가지 사이로
얼핏얼핏 보이던 바다의 눈부신 물결 같았지요

당신을 처음 만나자마자
당신의 가장 아름다운 솔방울이 되길 원했지요
보다 바다 쪽으로 뻗어나간 솔가지가 되어
가장 부드러운 솔잎이 되길 원했지요

당신을 처음 만나고 나서 비로소
혼자서는 아름다울 수 없다는 걸 알았지요
사랑한다는 것이 아름다운 것인 줄 알았지요

돌멩이

아침마다 단단한 돌멩이 하나
손에 쥐고 길을 걸었다
너희 중에 죄 없는 자 먼저 돌로 쳐라
누가 또 고요히
말없이 소리치면
내가 가장 먼저 힘껏 돌을 던지려고
늘 돌멩이 하나
손에 꽉 쥐고 길을 걸었다
어느날
돌멩이가 멀리 내 손아귀에서 빠져나가
나를 향해 날아왔다
거리에 있는 돌멩이란 돌멩이는 모두 데리고
나를 향해 날아와
나는 얼른 돌멩이에게 무릎을 꿇고
빌고 또 빌었다

벽돌

위로 쌓아올려지기보다 밑에 내려깔리기를 원한다
지상보다 먼 하늘을 향해 계속 쌓아올려져야 한다면
언제나 너의 발밑에 내려깔려
누구든 단단히 받쳐줄 수 있게 되길 바란다
어느날 너와 함께 하늘 높이 쌓아올려졌다 하더라도
지상을 가르는 장벽이 되길 바라지는 않는다
산성이나 산성의 망루가 되기는 더더욱 바라지 않는다
그저 우리 동네 공중목욕탕 굴뚝이나 되길 바란다
때로는 성당의 종탑이 되어 푸른 종소리를 들으며
단단해지기보다 부드러워지길 바란다
쌓아올린 것은 언젠가는 무너지는 것이므로
돌이 되기보다 흙이 되길 바란다

바닷가에 대하여

누구나 바닷가 하나씩은 자기만의 바닷가가 있는 게 좋다
누구나 바닷가 하나씩은 언제나 찾아갈 수 있는
자기만의 바닷가가 있는 게 좋다
잠자는 지구의 고요한 숨소리를 듣고 싶을 때
지구 위를 걸어가는 새들의 작은 발소리를 듣고 싶을 때
새들과 함께 수평선 위로 걸어가고 싶을 때
친구를 위해 내 목숨을 버리지 못했을 때
서럽게 우는 어머니를 껴안고 함께 울었을 때
모내기가 끝난 무논의 저수지 둑 위에서
자살한 어머니의 고무신 한 짝을 발견했을 때
바다에 뜬 보름달을 향해 촛불을 켜놓고 하염없이
두 손 모아 절을 하고 싶을 때
바닷가 기슭으로만 기슭으로만 끝없이 달려가고 싶을 때
누구나 자기만의 바닷가가 하나씩 있으면 좋다
자기만의 바닷가로 달려가 쓰러지는 게 좋다

손에 대한 묵상

인생을 돌아다닌 내 더러운 발을 씻을 때
나는 손의 수고를 생각하지 못했습니다
손이 물속에 함께 들어가 발을 씻긴다는 사실을
미처 생각하지 못하고
인생을 견딘 모든 발에 대해서만 감사했습니다

배가 고파 허겁지겁 밥을 먹을 때에도
길을 가다가 두 손에 흰 눈송이를 고요히 받을 때에도
손의 고마움을 고마워하지 못하고
하늘이 주신 거룩한 밥과
겨울의 희고 맑음에 대해서만 감사했습니다

당신이 내 찬 손을 잡을 때에도
내 인생의 야윈 어깨를 가만히 쓰다듬어줄 때에도
당신에 대해서만 감사하고
당신의 손에 대해서는 감사할 줄 몰랐습니다

발을 씻을 때 손은 발을 사랑했습니다

손은 다른 사람의 손을 잡을 때
가장 아름다운 손이 되었습니다
하나가 필요할 때 두 개를 움켜쥐어도
손은 나를 버리지 않았습니다

철길에 앉아

철길에 앉아 그를 사랑한다고 말했다
철길에 앉아 그와 결혼하고 싶다고 말했다

그때 멀리 기차 오는 소리가 들렸다
그는 아무 말이 없었다

기차는 점점 가까이 다가오고 있었다
그는 아무 말이 없었다

코스모스가 안타까운 얼굴로 나를 쳐다보고 있었다
나는 그대로 앉아 있었다

기차가 눈 안에 들어왔다
지평선을 뚫고 성난 멧돼지처럼 씩씩거리며
기차는 곧 나를 덮칠 것 같았다

나는 일어나지 않았다
낮달이 놀란 얼굴을 하고

해바라기가 고개를 흔들며 빨리 일어나라고 소리치고 있었다

나는 그대로 앉아 있었다
이대로 죽어도 좋다 싶었다

쓸쓸한 편지

오늘도 삶을 생각하기보다
죽음을 먼저 생각하게 될까봐 두려워라
세상이 나를 버릴 때마다
세상을 버리지 않고 살아온 나는
아침햇살에 내 인생이 따뜻해질 때까지
잠시 나그네새의 집에서 잠들기로 했다
솔바람 그친 뒤에도 살아가노라면
사랑도 패배할 때가 있는 법이다
마른 잎새들 사이로 얼굴을 파묻고 내가 울던 날
싸리나무 사이로 어리던 너의 얼굴
이제는 비가 와도 마음이 젖지 않고
인생도 깊어지면
때때로 머물 곳도 필요하다

별의 길

지금까지 내가 걸어간 길은
별의 길을 따라 걸어간 길뿐이다
별의 골목길에 부는 바람에 모자를 날리고
그 모자를 주우려고 달려가다가
어둠에 걸려 몇 번 넘어졌을 뿐이다

때로는 길가에 흩어진
내 발에 맞지 않는
신발 몇 켤레 주워 신고 가다가
별의 길가에 잠시 의자가 되어 앉아 있었을 뿐이다

그래도 어두운 별의 길가에서 당신을 만나
잠시 당신과 함께 의자에 앉아 있을 수 있어 감사하다
이별이라는 별이 빛나기 위해서는
밤하늘이라는 만남의 어둠이 있어야 했을 뿐

오늘도 나는 돌아갈 수 없는 별의 길 끝에 서서
이제는 도요새가 되어 날아간

날아가다가 잠시 나를 뒤돌아본 당신의

별의 길을 걷는다

낙화

섬진강에 꽃 떨어진다
일생을 추위 속에 살아도
결코 향기는 팔지 않는
매화꽃 떨어진다

지리산
어느 절에 계신 큰스님을 다비하는
불꽃인가
불꽃의 맑은 아름다움인가

섬진강에 가서
지는 매화꽃을 보지 않고
섣불리
인생을 사랑했다고 말하지 말라

별들은 울지 않는다

자살하지 마라
별들은 울지 않는다
비록 지옥 말고는 아무데도
갈 데가 없다 할지라도
자살하지 마라
천사도 가끔 자살하는 이의 손을
놓쳐버릴 때가 있다
별들도 가끔 너를
바라보지 못할 때가 있다

제 5 부

꽃향기

내 무거운 짐들이 꽃으로 피어날 수 있었으면 좋겠네
버리고 싶었으나 결코 버려지지 않는
결국은 지금까지 버리지 못하고 질질 끌고 온
아무리 버려도 뒤따라와 내 등에 걸터앉아 비시시 웃고 있는
버리면 버릴수록 더욱더 무거워져 나를 비틀거리게 하는
비틀거리면 비틀거릴수록 더욱더 늘어나 나를 짓눌러버리는
내 평생의 짐들이 이제는 꽃으로 피어나
그래도 길가에 꽃향기 가득했으면 좋겠네

나무에 쓴 시

봄이 오면
사람 밑에 앉아 있지 않고
나무 밑에 앉아 있겠어요
종일토록 봄비가 오다가 그치지 않으면
사람 밑에 서서 비를 맞지 않고
나무 밑에 서서 비를 맞겠어요
잘라버린 귀를 다시 찾아 붙이고
나무에 내리는 빗소리에 인생을 빼앗기고 말겠어요
쓸쓸히 비를 맞고 가는
죽은 벗들을 길에서 만나면
일일이 반갑게 악수를 하고
밤새도록 우산을 함께 쓰고 가겠어요
비가 그치고 햇살이 눈부셔도
더이상 날아가는 화살을 잡으려 하지 않겠어요
작은 산을 향해 걸어가는 큰 산을
묵묵히 따라가겠어요

나무에 대하여

나는 곧은 나무보다
굽은 나무가 더 아름답다
곧은 나무의 그림자보다
굽은 나무의 그림자가 더 사랑스럽다
함박눈도 곧은 나무보다
굽은 나무에 더 많이 쌓인다
그늘도 곧은 나무보다
굽은 나무에 더 그늘져
잠들고 싶은 사람들이 찾아와 잠이 든다
새들도 곧은 나뭇가지보다
굽은 나뭇가지에 더 많이 날아와 앉는다
곧은 나무는 자기의 그림자가
구부러지는 것을 싫어하나
고통의 무게를 견딜 줄 아는
굽은 나무는 자기의 그림자가
구부러지는 것을 싫어하지 않는다

용서의 의자

나의 지구에는
용서의 의자가 하나 놓여 있다
의자에 앉기만 하면 누구나
용서할 수 있고 용서받을 수 있는
절대고독의 의자 하나
쌩떽쥐뻬리의 어린 왕자가 해질녘
어느 작은 별에 앉아 있던 의자도 아니고
법정 스님이 오대산 오두막에 홀로 살면서
손수 만드신 못생긴 나무의자도 아닌
못이 툭 튀어나와 살짝 엉덩이를 들고 앉아야 하는
앉을 때마다 삐걱삐걱 눈물의 소리가 나는
작은 의자 하나
누군가가 만들어놓고
다른 별로 떠났다

감자를 씻으며

흙 묻은 감자를 씻을 때는
하나하나씩 따로 씻지 않고 한꺼번에 다 같이 씻는다
물을 가득 채운 통 속에 감자를 전부 다 넣고
팔로 힘껏 저으면
감자의 몸끼리 서로 아프게 부딪히면서 흙이 씻겨나간다
우리가 서로 미워하면서 서로 사랑하는 것도
흙 묻은 감자가 서로 부딪히면서
서로를 깨끗하게 씻어주는 것과 같다
나는 오늘도 물을 가득 채운 통 속에
내 죄의 감자를 한꺼번에 다 집어넣고 씻는다
내 사랑에 묻어 있는 죄의 흙을 제대로 씻기 위해서는
죄의 몸끼리 서로 아프게 부딪히게 해야 한다
흙 묻은 감자처럼
서로의 죄에 묻은 흙을 깨끗하게 씻어주기 위해서는

여행

사람이 여행하는 곳은 사람의 마음뿐이다
아직도 사람이 여행할 수 있는 곳은
사랑하는 사람의 마음의 오지뿐이다
그러니 사랑하는 이여 떠나라
떠나서 돌아오지 마라
설산의 창공을 나는 독수리들이
유유히 나의 심장을 쪼아 먹을 때까지
쪼아 먹힌 나의 심장이 먼지가 되어
바람에 흩날릴 때까지
돌아오지 마라
사람이 여행할 수 있는 곳은
사람의 마음의 설산뿐이다

왼쪽에 대한 편견

한쪽 날개가 왼쪽으로 약간 기울어진 채
겨울 하늘을 나는 청둥오리가 더 아름답다
한쪽 어깨가 왼쪽으로 약간 기울어진 채 걸어가는 사람의
뒷모습이 더 아름답다
나는 젊은 마음의 육체를 지녔을 때부터 왼쪽 길로만 걸어가
지금 외로운 마음의 육체마저도 왼쪽으로 더 기울어졌다
직선의 대로이거나 어두운 골목이거나
내가 바라보던 모든 지평선도 수평선도 왼쪽으로 더 기울어졌다
기울어진다는 것은 아름다워진다는 것이다
기울어진다는 것은 사랑한다는 것이다
나는 지금도 멀리 사람을 바라볼 때
꼭 왼쪽에서 바라본다
왼쪽에서 바라본 사람의 옆모습이 가장 아름답다

개에게 인생을 이야기하다

젊을 때는 산을 바라보고 나이가 들면 사막을 바라보라
더이상 슬픈 눈으로 과거를 바라보지 말고
과거의 어깨를 툭툭 치면서 웃으면서 걸어가라
인생은 언제 어느 순간에도 다시 시작할 수 있다
오늘을 어머니를 땅에 묻은 날이라고 생각하지 말고
첫아기에게 첫젖을 물린 날이라고 생각하라
왜 하필 나에게 이런 일이 일어나느냐고 분노하지 말고
나에게도 이런 일이 일어날 수 있다고 생각하고 아침밥을 준비하라
어떤 이의 운명 앞에서는 신도 어안이 벙벙해질 때가 있다
내가 마시지 않으면 안 되는 잔이 있으면 내가 마셔라
꽃의 향기가 눈에 보이지 않는다고 해서 존재하지 않는 게 아니듯
바람이 나와 함께 잠들지 않는다고 해서 나를 사랑하지 않는 게 아니다
사랑한다는 것은 사랑하는 사람이 존재하는 일에 감사하는 일일 뿐
내가 누구의 손을 잡기 위해서는 내 손이 빈손이 되어야 한다

오늘도 포기하지 않으려고 노력하지 말고 무엇을 이루려고 뛰어가지 마라
아무도 미워하지 않게 되기를 바라지 말고 가끔 저녁에 술이나 한잔해라
산을 바라보기 위해서는 반드시 산을 내려와야 하고
사막을 바라보기 위해서는 먼저 깊은 우물이 되어야 한다

허물

느티나무 둥치에 매미 허물이 붙어 있다
바람이 불어도 꼼짝도 하지 않고 착 달라붙어 있다
나는 허물을 떼려고 손에 힘을 주었다
순간
죽어 있는 줄 알았던 허물이 갑자기 몸에 힘을 주었다
내가 힘을 주면 줄수록 허물의 발이 느티나무에 더 착 달라붙었다
허물은 허물을 벗고 날아간 어린 매미를 생각했던 게 분명하다
허물이 없으면 매미의 노래도 사라진다고 생각했던 게 분명하다
나는 떨어지지 않으려고 안간힘을 쓰는 허물의 힘에 놀라
슬며시 손을 떼고 집으로 돌아와 어머니를 보았다
팔순의 어머니가 무릎을 곧추세우고 걸레가 되어 마루를 닦는다
어머니는 나의 허물이다
어머니가 안간힘을 쓰며 아직 느티나무 둥치에 붙어 있는 까닭은
아들이라는 매미 때문이다

어머니를 위한 자장가

잘 자라 우리 엄마
할미꽃처럼
당신이 잠재우던 아들 품에 안겨
장독 위에 내리던
함박눈처럼

잘 자라 우리 엄마
산 그림자처럼
산 그림자 속에 잠든
산새들처럼
이 아들이 엄마 뒤를 따라갈 때까지

잘 자라 우리 엄마
아기처럼
엄마 품에 안겨 자던 예쁜 아기의
저절로 벗겨진
꽃신발처럼

아버지의 나이

나는 이제 나무에 기댈 줄 알게 되었다
나무에 기대어 흐느껴 울 줄 알게 되었다
나무의 그림자 속으로 천천히 걸어들어가
나무의 그림자가 될 줄 알게 되었다
아버지가 왜 나무 그늘을 찾아
지게를 내려놓고 물끄러미
나를 쳐다보셨는지 알게 되었다

나는 이제 강물을 따라 흐를 줄도 알게 되었다
강물을 따라 흘러가다가
절벽을 휘감아돌 때가
가장 찬란하다는 것도 알게 되었다
해질 무렵
아버지가 왜 강가에 지게를 내려놓고
종아리를 씻고 돌아와
내 이름을 한번씩 불러보셨는지도 알게 되었다

초상화로 내걸린 법정스님

눈 오는 날 거리를 걷다가
초상화를 가르쳐주는 화실 앞을 지나다가
초상화로 내걸린 법정스님을 만났다
서울에 내리는 첫눈을 바라보는
법정스님의 맑은 눈이 눈에 젖는다
지금 이 순간을 열심히 살아라
지금이 바로 그때다
하나가 필요하면 하나만 가져라
법정스님이 오랫동안 불쌍히 나를 바라본다
네, 스님
만장도 없이 들것에 실려
사리 수습도 하지 않고 떠나가신 법정스님
말없이 말없는 대답을 드렸지만
나는 오늘도 내일을 걱정하면서
분분히 내리는 저 첫눈도 바라보지 못한다

지하철을 탄 비구니

그대 지하철역마다 절 한 채 지으신다
눈물 한 방울에 절 하나 떨구신다
한손엔 바랑
또 한손엔 휴대폰을 꼭 쥐고
자정 가까운 시각
수서행 지하철을 타고 가는 그대 옆에 앉아
나는 그대가 지어놓은 절을 자꾸 허문다
한 채를 지으면 열 채를 허물고
두 채를 지으면 백 채를 허문다
차창 밖은 어둠이다
어둠속에 무안 백련지가 지나간다
승객들이 순간순간 백련처럼 피었다 사라진다
열차가 출발할 때마다 들리는
저 풍경소리를 들으며
나는 잃어버린 아내를 찾아다니는 사내처럼 운다
사람 사는 일
누구나 마음속에 절 하나 짓는 일
지은 절 하나

다시 허물고 마는 일

귀뚜라미에게 받은 짧은 편지

울지 마
엄마 돌아가신 지
언제인데
너처럼 많이 우는 애는
처음 봤다
해마다 가을날
밤이 깊으면
갈댓잎 사이로 허옇게
보름달 뜨면
내가 대신 이렇게
울고 있잖아

후회

그대와 낙화암에 갔을 때
왜 그대 손을 잡고 떨어져 백마강이 되지 못했는지

그대와 만장굴에 갔을 때
왜 끝없이 굴 속으로 걸어 들어가 서귀포 앞바다에 닿지 못했는지

그대와 천마총에 갔을 때
왜 천마를 타고 가을 하늘 속으로 훨훨 날아다니지 못했는지

그대와 감은사에 갔을 때
왜 그대 손을 이끌고 감은사 돌탑 속으로 들어가지 못했는지

그대와 운주사에 갔을 때
운주사에 결국 노을이 질 때

왜 나란히 와불 곁에 누워 있지 못했는지
와불 곁에 잠들어 별이 되지 못했는지

첫눈 오는 날 만나자

첫눈 오는 날 만나자
어머니가 싸리빗자루로 쓸어놓은 눈길을 걸어
누구의 발자국 하나 찍히지 않은 순백의 골목을 지나
새들의 발자국 같은 흰 발자국을 남기며
첫눈 오는 날 만나기로 한 사람을 만나러 가자

팔짱을 끼고
더러 눈길에 미끄러지기도 하면서
가난한 아저씨가 연탄 화덕 앞에 쭈그리고 앉아
목장갑 낀 손으로 구워놓은 군밤을
더러 사먹기도 하면서
첫눈 오는 날 만나기로 한 사람을 만나
눈물이 나도록 웃으며 눈길을 걸어가자

사랑하는 사람들만이 첫눈을 기다린다
첫눈을 기다리는 사람들만이
첫눈 같은 세상이 오기를 기다린다
아직도 첫눈이 오는 날 만나자고 약속하는 사람들 때문에

첫눈은 내린다
세상에 눈이 내린다는 것과
눈 내리는 거리를 걸을 수 있다는 것은
그 얼마나 큰 축복인가

첫눈 오는 날 만나자
첫눈 오는 날 만나기로 약속한 사람을 만나
커피를 마시고
눈 내리는 기차역 부근을 서성거리자

그리운 부석사

사랑하다가 죽어버려라
오죽하면 비로자나불이 손가락에 매달려 앉아 있겠느냐
기다리다가 죽어버려라
오죽하면 아미타불이 모가지를 베어서 베개로 삼겠느냐
새벽이 지나도록
마지(摩旨)를 올리는 쇠종 소리는 울리지 않는데
나는 부석사 당간지주 앞에 평생을 앉아
그대에게 밥 한 그릇 올리지 못하고
눈물 속에 절 하나 지었다 부수네
하늘 나는 돌 위에 절 하나 짓네

새벽기도

이제는 홀로 밥을 먹지 않게 하소서
이제는 홀로 울지 않게 하소서
길이 끝나는 곳에 다시 길을 열어주시고
때로는 조그만 술집 희미한 등불 곁에서
추위에 떨게 하소서
밝음의 어둠과 깨끗함의 더러움과
배부름의 배고픔을 알게 하시고
아름다움의 추함과 희망의 절망과
기쁨의 슬픔을 알게 하시고
이제는 사랑하는 일을 두려워하지 않게 하소서
리어카를 끌고 스스로 밥이 되어
길을 기다리는 자의 새벽이 되게 하소서

당신에게

오늘도 당신의 밤하늘을 위해
나의 작은 등불을 끄겠습니다

오늘도 당신의 별들을 위해
나의 작은 촛불을 끄겠습니다

해설

부드러운 영혼과 사랑의 자세

/
문태준 (시인)

사랑이라는 연료는 시장에서 거래되는 물자와는 달라서 고갈되지 않습니다. 사랑이라는 연료는 계속 생산됩니다. 마치 봄의 계절이 돌아와 세계의 새순이 돋듯이. 새순이 돋아 먼 세상으로 여러 방향으로 뻗어가듯이 사랑은 생겨나고 성장하면서 움직입니다.

정호승 시인이 '여행'이라는 시에서 "사람이 여행하는 곳은 사람의 마음뿐이다/ 아직도 사람이 여행할 수 있는 곳은/ 사랑하는 사람의 마음의 오지뿐이다"라고 썼을 때, 그리고 연이어 "사람이 여행할 수 있는 곳은/ 사람의 마음의 설산뿐이다"라고 썼을 때 사람의 마음이 지닌 지형을 생각하게 됩니다. 사람의 마음이라는 골짜기, 사람의 마음이라는 외딴 곳, 사람의 마음이라는 높은 곳, 사람의 마음이라는 신성한 곳을 생각하게 됩니다. 정호승의 시편들은 우리에게 사랑의 여행자가 되라고 권합니다. 눈으로 덮여 흰 이마가 빛나는 설산을 찾아가라고 말합니다. 사랑을 찾아 떠나서 아예 돌아올 생각조차 갖지 말라고 말합니다. 사랑의 여행자가 되어 끝내 창공에 먼지처럼 흩어져버리라고 말합니다. 왜냐하면 우리가 찾아가는 곳은 고통을 받고 있는 사람, 그 사람의 내심(內心)이기 때문입니다.

그대 빈 들에
비 오는 사람

_〈비오는 사람〉 부분

이 짧은 두 행의 구절을 읽는 순간의 경험은 참으로 이상한 맛이었습니다. 물론 아무도 없는 텅 빈 들판이 눈에 먼저 보였습니다. 그리고 빗소리가 들려왔습니다. 텅 빈 들판에 비가 서 있습니다. 비는 들판의 저 끝을 바라보고 있습니다. 비는 들판의 저 끝까지 가고 있습니다. 비에게는 사랑의 거처가 지금 없습니다. 이 세상에 처음 온 우리의 초상(肖像)처럼 비는 서 있습니다. 우리는 처음에 그처럼 서 있었을 것입니다. 혹은 마지막에도 우리는 그처럼 서 있을 것입니다.

사랑은 탄생해서 머무르고 지속되며 성장합니다. 마치 달의 빛이 차오르듯이. 반달이 보름달이 되듯이. 그러나 사랑은 어느 날 낙엽이 지고 화려함이 사라집니다. 마치 달의 빛이 이울듯이. 보름달이 반달이 되듯이. 낮의 시간이 석양의 시간을 지나 밤의 시간으로 나아가듯이.

아무도 반달을 사랑하지 않는다면

반달이 보름달이 될 수 있겠는가
보름달이 반달이 되지 않는다면
사랑은 그 얼마나 오만할 것인가

_〈반달〉 전문

사랑은 변화합니다. 빛이 많아지는 시간도 있고, 빛이 쇠잔해지는 시간도 있습니다. 우리 모두는 반달이 될 수도 있고, 보름달이 될 수도 있습니다. 우리의 관계가 반달이 될 수도 있고, 보름달이 될 수도 있습니다. 순조로운 때도 있고 그렇지 못한 때도 있습니다. 미소의 때도 있고 눈물의 때도 있습니다. 사랑은 이러한 조건들을 넘어서는 곳에 있습니다. 긍정하고 용서하고 배려하고 응원하는 그것이 사랑의 근원입니다.

내 그대 일평생 눈부처 되리

_〈눈부처〉 부분

그대의 밥그릇에 내 마음의 첫눈을 담아 드리리
그대의 국그릇에 내 마음의 해골을 담아 드리리

_〈모두 드리리〉 부분

이러한 시행들은 참으로 고귀하고 결연한 의지를 보여줍니다. 이러한 마음의 사용은 퍽 희유한 일입니다. 사랑하는 사람의 눈동자 속에서 살겠다는 것이니 말입니다. 나의 본바탕 그대로 사랑하는 사람을 위해 고스란히 희생하겠다는 것이니 말입니다. 마음의 '첫눈'과 마음의 '해골'을 모두 바치겠다니 말입니다. 순수와 설렘과 그것들의 끝까지를 다 바치겠다니 말입니다. 사랑하는 사람의 몸과 꿈속에서 함께 살겠다니 말입니다. 끝끝내 사랑하는 사람을 지키겠다니 말입니다. "(사랑하는)내가 (사랑하는)너의 눈물이 되어 떨어지"(〈별똥별〉)겠다니 말입니다. 몸의 차원을 넘어서서 영혼을 바꾸겠다느니 말입니다. 이승을 넘어 내생까지가 사랑의 영역이라니 말입니다. 꽃이 물을 떠나지 못하듯이, 새가 나뭇가지를 떠나지 못하듯이, 달이 지구를 떠나지 못하듯이, 사랑하는 나는 사랑하는 당신을 떠나지 못한다니 말입니다. 그러나 사랑의 의지가 이처럼 결연하더라도 사랑은 위기가 있고 그로 인해 우리에게 고통을 안겨주기 마련입니다. 이승에 사는 일은 흔히 '고통의 바다'에 사는 일에 빗대어지고 대양(大洋)에는 격랑이 끊이질 않습니다. 이러할 때 우리는 사랑의 자세에 대해 생각하게 될 지도 모르겠습니다.

출렁출렁 부지런히 물 위를 걸어가라
눈을 항상 먼 수평선에 두고
두려워하지 말고

_〈물 위를 걸으며〉 부분

나는 눈물이 없는 사람을 사랑하지 않는다
나는 눈물을 사랑하지 않는 사람을 사랑하지 않는다
나는 한 방울 눈물이 된 사람을 사랑한다

_〈내가 사랑하는 사람〉 부분

위의 시는 물 위를 걸어가는 것이 사랑하는 법을 배우는 것이라면 과감하게 힘차게 건너가라고 조언합니다. 물속에 빠져 죽어도 좋다는 호방한 기세로 물을 건너가라고 조언합니다. 그래야 물속에 빠지지 않는다는 것입니다. 그리고 그러할 때, 설령 물속에 발이 빠지더라도 절망하지 말라고 조언합니다. 고통의 무게를 견딜 줄 알라고 조언합니다. 마치 바위나 산처럼. 그리고 묵묵히 두려움 없이 사랑의 길을 가라고 말합니다. 마치 육중한 코끼리나 코뿔소처럼. 이와 같은 조언은 "나는 곧은 나무보다/ 굽은 나무가 더 아름답다"(〈나무에 대하여〉)라는 진술에 이르고, 이어서 다음의 빼어난 시를 낳습니다.

울지 마라
외로우니까 사람이다
살아간다는 것은 외로움을 견디는 일이다
공연히 오지 않는 전화를 기다리지 마라
눈이 오면 눈길을 걸어가고
비가 오면 빗길을 걸어가라
갈대숲에서 가슴검은도요새도 너를 보고 있다
가끔은 하느님도 외로워서 눈물을 흘리신다
새들이 나뭇가지에 앉아 있는 것도 외로움 때문이고
네가 물가에 앉아 있는 것도 외로움 때문이다

산그림자도 외로워서 하루에 한 번씩 마을로 내려온다
종소리도 외로워서 울려퍼진다

_〈수선화에게〉 전문

이 시는 너무나 많은 독자들에 의해 읊조려졌고 너무나 많은 독자들이 깊이 공감했으므로 어떤 해석의 말도 군말이 될 것입니다. 1행과 2행에서는 인생난득(人生難得)이라지만 그 인생의 타고난 조건과 운명을, 3행과 4행에서는 '정지'와 '침묵'의 상태를, 5행과 6행에서는 응하여 부합할 줄 아는 '시중(時中)'을, 그리고 그 이후의 시행에서는 이 모든 것의 평범함을 이른 것이라고 겨우 몇 마디 보탤 뿐입니다.

정호승의 시편들을 읽으면서 제가 크게 부러워하는 것은 시인의 작품들이 보여주는 '투명한 마음의 이동'에 있습니다. 다음과 같은 시는 얼마나 아름답습니까.

운주사 와불님을 뵙고
돌아오는 길에
그대 가슴의 처마 끝에
풍경을 달고 돌아왔다
먼데서 바람 불어와
풍경 소리 들리면
보고 싶은 내 마음이

찾아간 줄 알아라

_〈풍경 달다〉 전문

이 시는 사랑하는 사람을 보고 싶어 하는 마음이 '이동'한다고 말합니다. 바람처럼 움직여서 먼 길을 간다고 말합니다. 바람처럼 움직여서 평원을 지나고 산맥을 지나고 국경을 지나고 바다를 지나고 별을 지나갑니다. 그 이동의 거리는 측량할 수 없을 것입니다. 그리움이라는 용심(用心)은 그 먼 거리를 수시로 이동합니다. 더욱 놀라운 사실은 바람의 기세가 미풍이라는 것입니다. 부드러운 미풍에 실려 부드러운 영혼이 이동합니다.

길이 끝나는 곳에 산이 있었다
산이 끝나는 곳에 길이 있었다
다시 길이 끝나는 곳에 산이 있었다
산이 끝나는 곳에 네가 있었다
무릎과 무릎 사이에 얼굴을 묻고 울고 있었다
미안하다
너를 사랑해서 미안하다

_〈미안하다〉 전문

사랑에게 가려면 많은 험준한 산봉우리를 넘어야 합니다. 내가 사랑하는 단 한 사람에게 가는 사랑의 여정은 결코 쉽지가 않습니다. 아무리 바삐 가더라도 애타게 기다리는 사람에게는 매번 늦은 때가 됩니다. 여러 겹 겹치고 겹쳐 있는 산과 가도 가도 끝이 없는 길을 지나 우리는 사랑에게로 갑니다. 그 여로의 끝에 눈시울이 젖고, 울고 있는 사랑이 있습니다. "너를 사랑해서 미안하다"라는 뭉클한 고백은 내내 사랑을 지키겠다는 의지의 표현에 다름 아닙니다.

지금 이곳에서의 내 사랑의 영토에 대해 생각해봅니다. "한 송이 들꽃을 위로하는 사람이 되라"는, "눈물을 노래하는 사람이 되라"는, "사랑하다가 죽어버려라"는 정호승의 시구를 노트에 옮겨 적습니다. 그러자 푸른 바다에 사는 고래처럼 내 마음속에 한 마리의 사랑이 움직이며 이동해가기 시작합니다.